まえがき

これは日本語の教科書『みんなの日本語』（スリーエーネットワーク）の登場人物の一人、マイク・ミラーさんが主人公の小説です。

小説に出てくる単語や文法は、ほとんど『みんなの日本語　初級Ⅰ・Ⅱ』で習うものです。また、『みんなの日本語』の会話や例文、練習、問題なども内容に反映されています。

ぜひ、復習しながら、小説を楽しんでください。

U0131498

前言

這是日語教科書《大家的日本語》（スリーエーネットワーク）的登場人物之一，邁克・米勒先生為主角的小說。小說裡出現的單字與文法，幾乎都會在《大家的日本語 初級、進階》學到。另外，《大家的日本語》的會話、例句或練習等也會反映在內容裡。

請務必一邊複習，一邊享受小說。

目_{もく}次_じ

登場人物

佐藤　けいこ
日本
IMCの社員

マイク・ミラー
アメリカ
IMCの社員

グプタ
インド
IMCの社員

松本　正
日本
IMCの部長

山田　太郎
日本、小学生、8歳
山田一郎と友子の息子

山田　友子
日本
銀行員

山田　一郎
日本
IMCの社員

登場人物

木村　いずみ
日本

アナウンサー

テレーザ・サントス

ブラジル、小学生、9歳

ジョゼ・サントスと
マリアの娘

マリア・サントス

ブラジル
主婦

ジョゼ・サントス

ブラジル
ブラジルエアーの社員

タワポン

タイ
日本語学校の学生

ワン　シュエ

中国
神戸病院の医者

カリナ

インドネシア
富士大学の学生

一　マイク・ミラーです

きょうから一年間、僕は大阪のIMCで働く。

IMCの会社は、駅から歩いて十分ぐらいの所にある。新しくて、この近くでいちばん高いビルだ。

僕はエレベーターに乗って、七階へ上った。

眼鏡をかけている男の人が、入口で僕を待っていた。

「あ、山田さん。お久しぶりです」

「ミラーさん、久しぶりですね。元気ですか」

株式会社IMC
マイク・ミラー

「はい」

山田さんは一度、アメリカのＩＭＣへ出張に来たことがある。親切で、とてもまじめな人だ。

「いつ日本へ来ましたか」

「一週間まえです」

「そうですか。何か困ったことがあれば、何でも言ってください」

「はい、ありがとうございます。これからお世話になります」

「こちらこそ、よろしく」

山田さんはそう言って、頭を下げた。

「事務所はあちらです」

山田さんに案内されて、僕は事務所に入った。

11

そこには、仕事中の女の人が一人いた。その人は仕事の手を止めて、*

「おはようございます」

と元気な声で山田さんに言った。明るくて、優しそうな人だ。

「おはようございます。佐藤さん、こちらはマイク・ミラーさんです」

「おはようございます」

山田さんはそう言って、僕の方を見た。佐藤さんはいすから立って、こちらへ歩いて来た。

「初めまして。マイク・ミラーです。アメリカから来ました。どうぞよろしく」

と僕はあいさつした。僕はこのことばを、うちで何回も練習して

＊手を止める…
停下（手頭的事）

12

来た。上手に言えたと思う。

「佐藤けい子です。どうぞよろしく」

と佐藤さんは言った。

僕は手を出した。でも、佐藤さんは手を出さないで、頭を下げた。

……。

僕はちょっと考えて、手を戻してから、頭を下げた。

僕は今、外国にいることを知った。

＊

「これ、どうぞ」

次の日、佐藤さんから小さな箱をもらった。

「ありがとうございます。これは何ですか」

「会社からのプレゼントです」

佐藤さんはそう言いながら、笑っている。どうも普通のプレゼントではないようだ。

「ミラーさん、開けてみてください」

僕は紙の箱を開けた。たくさんの白いカードが入っていた。何か字が書いてある。

「あ、わたしの名前が！」

そのカードの真ん中には、「マイク・ミラー」とかたかなで書いてあった。会社の名前や住所や電話番号も書かれていて、裏は英語

だった。

「それはミラーさんの名刺です。仕事で初めて会う人には、必ずそ
の名刺を渡してくださいね」

「わかりました」

午後になって、山田さんが会社に戻って来た。

「ミラーさん、佐藤さんから名刺をもらいましたか」

「はい」

山田さんは、壁に掛けてあるカレンダーを確認してから、

「来週の月曜日、松本部長といっしょにパワー電気へあいさつに行
きますから、名刺を忘れないでくださいね」

と言った。

「はい」

カレンダーの来週の月曜日の所には、赤のボールペンで「◎」と書いてあった。

「これからたくさん名刺をもらいますから、何か名刺を入れる物を買っておいたほうがいいですよ」

「わかりました。日本では、名刺はとても大切な物なんですね」

「ええ、名刺は顔ですから」

と山田さんは言った。

16

一　マイク・ミラーです

S	M	T	W	T	F	S
					1	2
3	4	5	6	7	8	9
10	11	12	13	14	15	16
17	18	19	20	21	22	23
24	25	26	27	28	29	30

二 時間を守る

会社は九時から五時までだ。

会社へ行くのに一時間以上かかるから、八時よりまえに家を出な

ければ、九時には間に合わない。

その日、僕は十分ぐらい遅れて会社に着いた。準備をしていて、

ちょっとだけ家を出るのが遅くなったのだ。

「おはようございます」

と僕はみんなにあいさつして、自分の席に座って仕事を始めた。

18

これぐらいは遅れてもかまわないと思っていた。

昼休み、松本部長が僕にこう言った。

「ミラーさん、きょう遅れましたね。時間は守ってくださいよ」

「遅れたのは、ちょっとだけですよ」

「ちょっとでもだめです」

日本の会社が、こんなに時間に厳しいとは思わなかった。それから、できるだけ遅れないように気をつけた。

でもある日、夜遅くまでテレビでNBAの試合を見てしまって、また会社に遅れた。

僕は部長に気がつかれないように、急いで自分の席に座った。

でも、うまくいかなかった。

部長は僕の席までゆっくり歩いて来て、

「ミラーさん」

と言ったので、僕はすぐ頭を下げて、

「すみません」

と言った。部長は怖い顔をしていたけど、

「いい試合でしたね」

と小さい声で言って、自分の席に戻った。部長もNBAの試合を見たようだ。

またある日、事故で電車が遅れて、九時に間に合わなかった。部長は佐藤さんと何か話しているところだった。部長は僕を見て、また怖い顔になった。僕は、

「事故で電車が遅れたんです」

と言った。悪いのは僕じゃない。悪いのは電車だ。だから今度は

何も言われないと思った。でも部長は、こんなことを言った。

「紙をもらいましたか」

「紙？　何の紙ですか」

「駅員に紙をもらいませんでしたか」

「いいえ」

「もし今度、同じことがあったら、『遅延証明書』という紙を駅で

もらって来てください」

「わたしはうそをついていませんよ。ほんとうに事故で……」

「ミラーさん、これは会社の規則なんです。みんなそうしているん

です。わかってください」

僕はこの会社で働くのが少し心配になった。

＊

五時になると、急ぎの仕事がなければ、僕はすぐ帰る準備を始める。

でもこの会社では、五時になっても帰る人はほとんどいない。夜遅くまで仕事を続ける人もいる。

ほかの社員は、すぐ帰る僕を白い目で見ている＊ようだ。

ちょっと帰りにくいけど、それでも僕は帰る。仕事より自分の時

＊白い目で見る：
白眼看

残業しないで、時間を守ってください！

僕はみんなに言いたい。

間のほうが大切だから。

三　山田さんのうち

山田さんが、うちに招待してくれた。

「いらっしゃい。どうぞお上がりください」

山田さんと、奥さんの友子さんと、それに息子の太郎ちゃんが、玄関で僕を迎えてくれた。

「靴はそこで脱いでくださいね」

「あ、はい」

僕は「失礼します」と言って、靴を脱いで、用意してあったスリッ

24

パをはいた。

友子さんは、僕を広い部屋に案内した。

「日本語、上手ですね。アメリカで習ったんですか」

と友子さんが聞いた。

「はい」

僕はまだ、「失礼します」としか言っていないのに……。

「ミラーさんは、ドイツ語も話せるんだ。パワー電気に行ったとき、エンジニアのシュミットさんとドイツ語で話していたんだよ」

と山田さんが言った。

「へえ、すごいですね」

「いいえ」

太郎ちゃんは「宿題があるから」と言って、自分の部屋へ戻った。

「まじめなお子さんですね」

と友子さんが言った。

「いいえ全然。この間も、宿題すると言ったのに、ずっと部屋で

ゲームしていたんですから」

と友子さんが言った。

「ゲームを買ったのはまちがいでした」

と山田さんが言った。

「ミラーさん。どうぞ、座ってください」

と友子さんに言われて、僕はソファーに座った。

「コーヒーはいかがですか」

「ありがとうございます」

友子さんは立って、コーヒーをいれに台所へ行った。

僕は部屋の中を見ながら、アメリカ人の部屋とそんなに変わらないと思った。

「この人形、かわいいですね。日本のですか」

本棚の上に、土で作った子どもの人形が飾ってある。

「ああ、それはワンさんという中国人の友達にもらいました。あそこに飾ってある絵は、インドネシア人の友達がかいた絵です。上手でしょう?」

「ええ」

それは、静かで美しい海の絵だった。

「彼女は日本で、美術の勉強をしているんです。隣の和室にも、

「もう一枚ありますよ」

「和室があるんですか」

「はい。よかったら、見てみますか」

「あなた、あの部屋は片づけていないでしょう？　あなたのゴルフの道具とか、あなたの釣りの道具とか……」

友子さんがコーヒーカップをトレーに載せて、部屋に戻って来た。会社にいるときとは山田さんは、しかられた子どもみたいだった。会社にいるときとは様子が違う。どうもご主人より、奥さんのほうが強いようだ。

「どうぞ」

「いただきます」

山田さんは、僕がコーヒーを飲むのを見ながら、僕が何か言うの

を待っていた。

「このコーヒー、おいしいですね」

と僕は言った。山田さんはうれしそうに笑った。

「そうでしょう？　このコーヒーは、隣に住んでいるブラジル人の友達からもらったんです」

「そうですか。このスプーンも、珍しいデザインですね」

「これは、松本部長からいただきました。メキシコのお土産です」

「そうですか」

「コーヒーもスプーンも、もらった物で……。ふふふっ、恥ずかしいですね。ところでミラーさん、日本の生活には、もう慣れましたか」

と友子さんが言った。

「ええ。困ったことがあっても、山田さんたちが手伝ってくれるので、とても感謝しています」

頭を下げるのにも慣れたし、時間に遅れないようにもなった。

「そうですか。うちの主人は、人の世話をするのが好きなんですよ。でも、あまりユーモアがないので、この人といっしょにいても、つまらないでしょう？」

「いいえ、そんなことはありませんよ」

山田さんは何も言わないで、静かに笑っている。

それから友子さんは僕に、アメリカのいろいろなことを聞いた。友子さんはアメリカの映画が好きで、いちばん好きな俳優はマーロン・

30

ブランドだそうだ。僕も映画は好きで、『ゴッドファーザー』や『地獄の黙示録』なら見たことがあるけど、友子さんはもっと古い映画もたくさん見ていて、僕より詳しかった。マーロン・ブランドの若いころの写真を、ケータイで見せてくれた。今見ても、とてもハンサムだ。

＊

「コーヒー、もう一杯いかがですか」

と友子さんが僕に聞いた。

「いいえ、けっこうです。……あ、もう六時ですね。そろそろ帰ら

「そうですか」

映画の話だけで、二時間ぐらい話したかもしれない。でも話して

いたのは、ほとんど友子さんだった。

「きょうはどうもありがとうございました。とても楽しかったです」

「いいえ。またいらっしゃってください」

楽しかったけど、和室も見せてほしかったなあ。

畳とか、ふすまとか、障子とか。

ないと……」

三　山田さんのうち

四　電車の広告

　僕は毎日、電車で会社へ行く。

　行くときはラッシュの時間だから、乗るのも降りるのも大変だ。座れないし、人がいっぱいで、ほとんど動けない。

　何もできないから、僕は電車の中にはってある広告を読んだりして、目的の駅に着くのを待つ。時々、立って寝ている人を見るけど、僕にはまだできない。

　電車の中には、いろいろな広告がはってある。

絵や写真だけを見て、すぐ意味がわかる広告もあるけど、外国人の僕には、なかなかわからない広告もある。

よく見るのは、雑誌の広告だ。字がたくさん書いてあって、その下に政治家や有名人の顔だけの写真がある。ちょっと怖いと思うのは僕だけ？

「億」という漢字が書いてあったら、それはたぶん宝くじの広告だ。

映画や展覧会の広告は、興味があることだからうれしい。この間、僕は広告で浮世絵の展覧会のことを知って、あべのハルカス*の中にある美術館へ見に行った。

食べ物や飲み物の広告も多い。そして、その食べ物や飲み物は、おいしいだけじゃなくて、美容や健康にもいいことが多い。

*あべのハルカス…位於大阪阿倍野的摩天大ａ樓

最近、急にビールの広告が増えた。暖かくなってきたから？とてもおいしそうにビールを飲んでいる写真が、右を見ても、左を見ても、上を見てもある。まだ朝でも、ちょっと飲みたくなってしまう。

ある日、こんな広告があった。

雨が降っているのに、だれも傘をさしていない。でも、だれもぬれていない。人の頭の上に、目には見えない傘があるのだ。

そして、その広告には、

わたしたちは

《みらい》をつくっています

ということばが書いてある。《《　の中には何も字が書かれていない

のに、その横に小さく「みらい」というふりがなが付いている。

これだけ。これは何だろう？　何の広告だろう？

広告の隅を見て、びっくりした。

それは僕の会社、IMCの広告だった。

五　花より……

「ミラーさん」

佐藤さんが僕を呼んだ。　僕は仕事が終わって、今から帰るところ

だった。

「何ですか」

「あした友達とお花見をするんですが、ミラーさんもいっしょに行

きませんか」

「お花見って、　桜を見ながら、　ご飯を食べたり、　お酒を飲んだりす

ることですよね」

僕はテレビで見たことがある。

「ええ、そうです。行ったことがありますか」

「まだありません。ぜひ行きたいです」

「よかった。友達と二人だけじゃ寂しいから」

「どこへ行きますか」

「大阪城です」

僕は日本の城にも興味がある。でも、まだ行ったことがない。

「それは楽しみですね。何時に行きますか」

「十時に大阪駅で会いましょう」

「わかりました」

「じゃ、またあした」

*

大阪駅は人が多い。

もう十時になったけど、佐藤さんが見つからない。

「ミラーさん」

後ろから、僕の肩を軽く触る人がいた。佐藤さんだった。違う人に見えた。それで僕は、なかなか佐藤さんを見つけることができなかったのだ。

佐藤さんは、いつもと違う服を着ていた。

「初めまして、木村です」

佐藤さんの横には、友達の木村さんという女の人がいた。とても

きれいな人だ。　木村さんの声は、どこかで……。

「じゃ、公園へ向かいましょう」

と佐藤さんが言った。　僕と木村さんは、佐藤さんの後ろを歩いた。

僕は歩きながら、

「木村さんは、どんな仕事をしているんですか」

と木村さんに聞いた。

「アナウンサーです。　朝のラジオで……」

「あ、知っていますよ。　木村いずみさんですよね」

「えっ、どうしてわたしの名前を?」

「わたしは毎朝、『おはようニュース』を聞くようにしているんで

「そうですか」

木村さんは、うれしそうで、恥ずかしそうだった。「おはよう

ニュース」は、毎朝ラジオで放送しているニュース番組だ。

「木村さんの趣味は何ですか」

「音楽を聞くことです。特にクラシックが好きです。ミラーさん

は？」

「わたしの趣味は、旅行と写真です。音楽も好きですよ」

「ミラーさん、あれが見えますか」

と佐藤さんが言った。

「あ、あれが大阪城ですね。大きいなあ。ヨーロッパの城と同じぐ

らいありそうですね」

公園にはたくさんの人がいて、とてもにぎやかだった。

「乾杯！」

僕たちは桜の木の下に座って、缶ビールで乾杯した。

佐藤さんも、木村さんも、電車の広告みたいに、とても幸せそう

にビールを飲んだ。僕もとても気分がよかった。

佐藤さんがお弁当を作って、持って来ていた。

「この卵焼き、おいしいですね」

「けい子が作ったものは、何でもおいしいんですよ。ミラーさんは、

料理をするんですか」

と木村さんが僕に聞いた。

「はい、時々します。この間は、一人でタイ料理を作りました」

「一人で？」

「はい」

「タイ料理って、難しそうですね」

「そんなに難しくないですよ。材料を集めるのは大変ですが……」

「じゃ、今度食べに行ってもいいですか。材料はわたしたちが買って行きますから」

と佐藤さんが言った。

「ええ、いいですよ。ナンプラーは買ってあるし」

「ねえ、わたしたち、さっきから『花より団子』ね。全然花を見てないよ」

と木村さんが言った。

「ほんとう」

と佐藤さんが笑いながら言った。

「それ、どういう意味ですか」

と僕は聞いた。

「花を見るより、おいしい物を食べるほうが好き、ってことです。わたしは『花よりお酒』だけど……」

そう言いながら、佐藤さんは二本目の缶ビールを開けた。

僕たちは、花の方を見た。

桜は優しい色の花だ。

「きれいでしょう？」

と木村さんが言った。

「はい」

「夜もきれいなんですよ」

「そうですか」

この国では、桜が咲くと、ニュースになる。

僕も桜はきれいだと思うけど、どうして日本人はそんなに桜が好きなんだろう。

僕は花より城だ。僕は桜の向こうに城が見えるように、写真を撮った。

「あの城の中に入ることはできますか」

と僕は木村さんに聞いた。

「できますよ。　じゃ、あとで行く？」

木村さんは、佐藤さんの方を見て言った。

「いいね。　実はわたし、一度も中に入ったことがないの」

「けい子も？　実はわたしも……」

「じゃ、ミラーさん、お城に詳しいんですか」

「えっ、僕のほうが城に詳しいかもしれませんね」

僕はかばんから城の本を出した。　図書館で借りて来た、大きな本

だ。　写真や絵がたくさんある。　佐藤さんと木村さんは、僕の本を見

て、目を丸くした。＊

佐藤さんが、

「それ、重くなかったですか」

＊目を丸くする……
（吃驚得）睜圓了眼睛

と聞くので、
「重かったです」
と僕が答えたら、　木村さんは声を出さないで、　僕を見ながら、く
すくす笑った。*
僕は花より……。

*くすくす笑う：
偸偸地笑

五　花より……

六 グプタさんと日本のカレー

大阪のIMCには、もう一人外国人がいる。

グプタさんだ。グプタさんは、インドから来たプログラマーだ。グプタさんとは仕事中あまり話をしないけど、休憩室で近くの席に座ったとき、たまに話をする。そのとき、僕たちは英語で話す。IMCの社員のほとんどは日本人だし、英語があまりできない社員もいるから、僕はなかなか英語を話す機会がない。だから、グプタさんと英語で話ができるのはうれしい。

50

グプタさんは、イギリスに住んでいたことがあるそうだ。イギリスはインド人が多い。僕は出張でロンドンへ行ったとき、インド人が多くてびっくりした。

グプタさんは僕より長く日本にいるのに、あまり日本語を話さない。今まで、一度も日本語の学校へ通ったことがないそうだ。

でも、聞くのは僕より上手だ。社員の中には、大阪のことばで話す人もいて、僕には時々、何を言っているのかわからないことがある。そんなとき、僕はグプタさんに小さい声で、「今、何と言ったんですか」と聞く。グプタさんはおもしろい。大阪のことばのほうがわかりやすい、と言うんだから。

昼休み、グプタさんはよく、インド料理のレストランへカレーを

食べに行く。そのレストランは、駅の近くにある。僕も一度、連れて行ってもらったことがある。少し辛いけど、とてもおいしい。

僕はインドのカレーを食べながら、グプタさんに、

「日本のカレーはどうですか」

と聞いた。するとグプタさんは、

「おいしいと思います。でも、インドのカレーと日本のカレーは、違う食べ物です」

と言った。

日本では、何でもカレーに入れるし、何にでもカレーを入れる。とても自由だ。カッカレー、ハンバーグカレー、シーフードカレー、チーズカレー、カレーパン、カレーうどん、カレー味のピザ、カレー

52

味のお菓子……。

僕が好きなのは、カレー味のインスタントラーメンだ。夜、おな

かがすいたとき、すごく食べたくなる。

なぜだろう？

七　金曜日の晩はちょっと……

「はい」

「木村さんですか。ミラーです」

「ああ、ミラーさん、こんばんは。久しぶりですね。お元気ですか」

「ええ、元気です」

この間のお花見のとき、僕は木村さんに電話番号を教えてもらったのだ。

「最近、雨が多いですね」

「ええ、六月は雨が多いんです。今の季節のことを、日本語では

『梅雨』というんですよ」

「知っていますよ。『梅雨』とか『低気圧』とか……」

「へえ、よく知っていますね」

「朝のラジオで、木村さんが毎日言っていますよ」

「あら、そうでした。ふふふっ」

「大阪の天気は、晴れ、時々曇り、午後からは、所により、にわか

雨が降るでしょう……」

「わあ、上手ですね」

「いつも聞いていますから」

天気予報の日本語は、なぜか耳に残る*から、自然に覚えてしまっ

＊耳に残る：
聴了忘不掉

55

たのだ。

「きょうの天気予報は、外れましたね」

「ええ、ごめんなさいね。ミラーさんはそれが言いたくて、わたし
に電話したんですか」

「いいえ、違いますよ。木村さんは悪くないですからね」

「もちろんですよ」

電話の向こうで、木村さんが笑っているのがわかった。

「あのう、木村さんはこの間、クラシックが好きだと言っていまし
たよね」

「ええ」

「クラシックのコンサートのチケットがあるんですが、よかったら、

56

いっしょにいかがですか」

「いいですね。どんなコンサートですか」

「ウィーンのオーケストラが、モーツァルトの曲を演奏します」

「ウィーンのオーケストラが、大阪へ来るんですか」

「ええ」

「それはぜひ、聞きに行きたいですね。コンサートはいつですか」

「来週の金曜日の晩です」

「えっ、金曜日ですか」

「はい、金曜日です」

「うーん。金曜日の晩はちょっと……」

木村さんの声が、急に小さくなった。

「だめですか」

「ええ、残念ですが、友達と約束がありますから、……」

「そうですか」

「ええ、また今度、お願いします。それじゃ、また……」

そう言って、木村さんはすぐ電話を切った。もう少し話したかったのに……。

木村さんは、何か様子が変だった。

約束している友達は、男の人かもしれない。木村さんはきれいだから、きっと男の人に誘われることも多いはずだ。

恋人がいるのかな。

七　金曜日の晩はちょっと……

八 子どもが読む本

土曜日はいつも、バスに乗って図書館へ行く。

僕は図書館に入ると、まず二階の外国語の本のコーナーへ行く。

数はあまり多くないけど、英語の本が読めるだけで、僕はうれしくなる。

画集や図鑑を見るのも好きだ。画集や図鑑は、ことばがわからなくても楽しめるから。

日本語の本にも時々チャレンジするけど、すぐ疲れてしまう。僕

60

にはまだ、知らないことばが多すぎる。

ある日、図書館で山田さんの息子の太郎ちゃんに会った。

太郎ちゃんはDVDを見ていた。外国語の本のコーナーの隣には、ビデオやDVDが見られるコーナーもあるのだ。

「何見てるの?」

と僕は聞いた。

「歴史のDVD」

「へえ、おもしろそうだね。今見てるのは、いつごろの話なの?」

「戦国時代だよ」

「せんごくじだい?」

「知らないの?　織田信長とか、武田信玄とか……」

僕は日本の歴史をあまり知らない。

「太郎ちゃんは、歴史が好きなんだね」

「うん。特にこの時代が好きなんだ。それから、三国時代も。戦国時代よりずっとまえの、中国の歴史だよ」

中国の歴史？　まだ八歳なのに、隣の国の歴史も知ってるの？

すごいなあ。

僕も日本の歴史の勉強をしてみようかな。

僕は受付の五十歳ぐらいの女の人に、歴史の本の場所を聞いた。

受付の女の人は、

「そちらの階段で一階へ降りられまして、入口の反対の方へ歩かれますと、新聞のコーナーがございます。その右隣には、政治と経済

の本が並んでおります。　歴史の本は、その裏の棚にございます」

と言って、この図書館のパンフレットを僕に渡してくれた。

たぶん上手な説明だったと思うけど、僕の耳は敬語に慣れていな

くて、ほとんど頭に入らなかった。*

僕は「ありがとうございます」と言って、そのパンフレットにか

いてある図を見ながら、歴史の本を探した。パンフレットの図はわ

かりやすくて、歴史の本はすぐ見つかった。

歴史の本は、どれも厚くて、字が多かった。*　知らない漢字もたく

さんあった。　僕の日本語では歯が立たない*。

こうなったら……。

僕は自分でも読めそうな本を探しに、別のコーナーへ向かった。

*頭に入らない……
理解不了、記不住

*歯が立たない……
啃不動、無法招架

そして、よさそうな本を見つけたので、それを持って、太郎ちゃんに見せてみた。

「僕もちょっと歴史を勉強しようと思うんだけど、この本はどう？」

太郎ちゃんはその本を見て、それから僕を見て、鼻で笑った。*

「それ、子どもが読む本だよ」

「知ってるよ。でも僕には、これぐらい簡単じゃないと……」

その本は字が大きくて、全部の漢字にふりがなが付いていた。

きっとこんな本でも、僕は何回も辞書を使う。いつになったら、僕は大人の本を楽に読めるようになるのだろう。

「ところで太郎ちゃんは、何で歴史が好きになったの？」

僕がそう聞いたら、太郎ちゃんは、

*鼻で笑う：
冷笑

64

「もちろんゲームだよ」

と言った。

九 カメラ

週末、電車で京都へ旅行に行って来た。

京都には日本の古い建物がたくさん残っていて、僕が日本でいちばん行きたかった町だ。大阪から近いから、すぐ行ける。

僕はインターネットで安いホテルを見つけて、そこに一日だけ泊まった。部屋は小さかったけど、きれいだったし、ホテルの人も親切だった。

マンションへ帰って来たとき、管理人の井上さんが、庭で掃除を

していた。

「ただいま」

「ああ、ミラーさん。お帰りなさい」

「これ、京都のお土産です」

「えっ、わたしに?」

「はい、どうぞ」

井上さんには、いろいろお世話になっているから。　井上さんは、電

気のことやガスのことなど、何でもわからないことを教えてくれる。

「どうもすみませんね。じゃ、ありがとう。京都はどうでしたか。暑

かったでしょう?」

「はい」

「京都の夏はとても暑いんですよ。　祇園祭は見ましたか」

「ええ、おもしろかったです。　とてもにぎやかでした」

「祇園祭は京都の祭りで、いちばん有名ですからね」

「外国人もたくさんいましたよ」

「そうですか」

「写真をたくさん撮りました」

僕は井上さんに、撮った写真を見せた。

「へえ、どれもいい写真ですね」

「学生のころから、趣味で写真を撮っているんです」

僕は特に、建物を撮るのが好きだ。

一つの建物でも、横から撮ったり、裏から撮ったり、中に入って

68

撮ったりする。最近は、だれがどういうことを考えて建てたのか、と

いうことにも興味を持つようになった。

井上さんは掃除をする手を止めて、僕のカメラを見た。

「ほう、ニコンの一眼レフ＊ですね。わたしも写真が趣味で、よくカ

メラを持って山へ登ったりしますよ。わたしが持っているのは、昔

のフィルムのカメラです」

「わたしも一台、フィルムのカメラを持っていますよ」

「そうですか。若いのに珍しいですね。フィルムのことを知ってい

る人も、少なくなりました。最近は、ケータイでも簡単に写真が撮

れますから、便利になりましたね」

「でもわたしは、ケータイで写真を撮るのが、あまり好きじゃあり

＊一眼レフ…
單眼反光相機

ません。旅行のとき、カメラを持っていないと、手が寂しい*んです。

*手が寂しい…
空著手有點不自在
的樣子

「ミラーさんは、カメラが好きなんですね」

「はい」

急に風が吹いて、井上さんが集めていたごみがばらばら*になった。

*ばらばらになる…
散亂、凌亂

井上さんは、急いでそれを集め直した。

「あしたもお休みですか」

井上さんは僕に背を向けながら、そう聞いた。

「いいえ、あしたは仕事です」

「そうですか。疲れたでしょうから、きょうは早く休んだほうがいいですよ」

ケータイは小さすぎます」

70

「はい、そうします」

僕はそう言って、荷物を持って自分の部屋へ戻った。

十 つるや

「ミラーさん、もう十二時ですよ。昼ごはんを食べに行きませんか」

「ええ」

山田さんは時々、僕をご飯に誘ってくれる。でも、山田さんが僕を誘うときは、いつも何か僕に話したいことがある。

「どこへ行きますか」

「そうですね。きょうは日本料理が食べたいですね」

「じゃ、『つるや』へ行きましょう」

山田さんと僕は、「つるや」へ行った。「つるや」は、会社のビル

から歩いて五分の所にある。

「いらっしゃいませ」

「二人です」

「こちらへどうぞ」

お店の人が、冷たいお茶を持って来る。

「ご注文は？」

「わたしはてんぷら定食」

「わたしは牛どん」

「つるや」の料理は、どれもおいしい。きょうはてんぷらにした。僕

は時々、てんぷらが食べたくなる。日本人みたいだ。山田さんは「つ

73

るや」へ来ると、いつも牛どんを注文する。

「てんぷら定食と牛どんですね。少々お待ちください」

お店の人が向こうへ行ってから、僕は山田さんに聞いた。

「わたし、また何か問題がありましたか」

部長や山田さんに注意されることは減ったけど、この会社にはま

だ、僕が知らない規則があるかもしれないのだ。

「えっ？　いいえ、何も問題ないですよ。この間、ミラーさんは仕

事を覚えるのが早い、と部長が褒めていました」

「そうですか」

「きょうは仕事の話じゃないから、安心してください」

「よかった」

74

「実は今度、『あすか』で食事会をするんですが、よかったらミラーさんも来ませんか」

食事会？

「どんな食事会ですか」

『みんなの会』といって、日本人と外国人がいっしょに楽しく食事をする会です。佐藤さんも来ますよ」

木村さんも来るのかな。僕はすぐ、そのことを考えた。

「もちろん、無理に参加しなくてもいいですからね」

「わたしもぜひ参加したいです」

「そうですか、よかった」

先に山田さんが注文した牛どんが運ばれて来た。

「すみません。じゃ、お先に」

と山田さんは言って、一人で牛どんを食べ始めた。会社の昼休み

は、十二時から一時までだ。ゆっくりご飯を食べることはできない。

僕のてんぷら定食が来るまでに、山田さんは半分食べ終わってし

まった。

山田さんは、僕の前に置かれたてんぷら定食を見ながら、

「わたしも独身だったら、てんぷら定食を注文するんだけど……」

と言った。

「それは、どういう意味ですか」

「わたしの昼ごはんは、七百円までと決められているんです」

「えっ、だれが決めたんですか」

「だれって、言わなくてもわかるでしょう？」

「……友子さんですか」

「ええ。妻はとてもお金に厳しいんです」

「自分で働いて、もらった給料なのに……」

「うちでは、妻がお金を管理しているんですよ」

「それは変ですね」

「わたしも最初はちょっと嫌でしたが、慣れると楽です。妻は銀行員なので、お金の管理が上手だし、それに、子どもがいると、とてもお金がかかりますから」

「それはそうですけど……」

「ごちそうさま」

「はい、ありがとうございます。　千六百八十円でございます」

僕は財布から二千円を出して、お店の人に渡した。

「あ、ミラーさん。それはだめですよ」

「いつもお世話になっていますから」

それに、あんな話を聞いたあとだし……。

「だめです」

山田さんは、お店の人からお金を返してもらった。

「すみません。じゃ、別々にお願いします」

＊

と僕（ぼく）は言（い）った。

「はい。てんぷら定食（ていしょく）は九百八十円（きゅうひゃくはちじゅうえん）、牛（ぎゅう）どんは七百円（ななひゃくえん）です」

十 みんなの会

みんなの会は、「あすか」という店で行われた。

「あすか」は日本料理のお店だ。「つるや」よりメニューが多くて、刺身やすき焼きも食べられる。いろいろなお酒も飲める。僕は、日本料理のお店だったら、どこでも刺身やすき焼きが食べられると思っていた。

みんなの会に参加したのは、山田さん、佐藤さん、サントスさん、マリアさん、テレーザちゃん、カリナさん、ワンさん、タワポンさ

ん、そして、木村さん。グプタさんも誘ったけど、用事があるから

と言って、来なかった。

「それでは、皆さん集まったようなので、そろそろ始めましょうか。

まず、飲み物を注文しましょう」

と山田さんは言って、みんなの飲み物を聞いた。そして、ビール

を七杯、ワインを一杯、りんごジュースを二杯注文した。

僕はのどがかわいていたから、テーブルの上の水を飲もうと思っ

て、コップを持った。

そうしたら佐藤さんに、

「ミラーさん、それを飲んではいけません」

と言われた。

「えっ、どうしてですか」

「のどがかわいているほうが、ビールがおいしいですよ」

佐藤さんは、こんなことを言ってくれる人だ。

「きょうは、新しい人が来てくれました」

山田さんがそう言って、こちらを見たので、みんなも僕を見た。

「初めまして。マイク・ミラーです。アメリカから来ました。どうぞよろしく」

と僕はあいさつした。

「では、ミラーさんに皆さんを紹介しますね。こちらはサントスさんです。ブラジルの方です。わたしのうちの隣に住んでいます」

「初めまして」

82

「それから、その隣が奥さんのマリアさんと、娘さんのテレーザちゃんです」

「初めまして」

「テレーザちゃん、きょうは太郎が来られなくて、ごめんね」

と山田さんが言った。

テレーザちゃんは、お母さんの横で恥ずかしそうに笑った。

「そして、あちらがカリナさん。インドネシアから来た、富士大学の学生さんです」

「初めまして」

あれ？　この女の人、どこかで見たことがある。

「その隣がタワポンさんです。タイから来た、日本語学校の生徒さ

んです」

「初めまして」

会社の近くのコンビニで、アルバイトをしている人だ。

「その隣がワンさんです。中国の方です。神戸病院の先生で、わたしの中国語の先生です」

「初めまして」

山田さんに土の人形をあげた人だな。

「そして、佐藤さんの隣に座っているのが、木村さんです。アナウンサーをしています」

「ミラーさん、久しぶりですね」

と木村さんが言った。

84

「ええ、お久しぶりです」

「ああ、友達だったんですね」

と山田さんが言った。

「はい、一度、いっしょにお花見に行ったことがあるんです」

「そうでしたか。では、飲み物が来ましたので、乾杯しましょう」

「乾杯！」

やっと飲める。僕はぐいとビールを飲んで、*

「ああ、うまい！」

と声を出してしまった。

「ね、おいしいでしょう？」

と佐藤さんは言った。佐藤さんは、もう半分飲み終わっている。

＊ぐいと飲む・・
一口氣喝

ワインを飲んでいるのはマリアさんで、りんごジュースを飲んでいるのはテレーザちゃんとカリナさんだった。

カリナさんは僕に、

「ミラーさんは、よく図書館へ行きますか」

と聞いた。それで、僕は思い出した。図書館でよく見る人だ。いつも熱心に勉強している。

「ええ。カリナさんは、何の勉強をしているんですか」

「美術の勉強をしています」

「そうですか。自分でも絵をかくんですか」

「わたしのうちに飾ってある絵は、カリナさんがかいたんですよ」

と山田さんが言った。

「ああ、そうでしたか。あの絵、すてきですね」

「ありがとうございます。今は、大阪のにぎやかな景色にチャレンジしています」

「それはおもしろそうですね。かき終わったら、ぜひ見せてください」

「ええ」

「絵だったら、僕もかくよ」

そう言ったのは、タワポン君だ。

「タワポンさんがかいているのは、マンガでしょう？　いっしょにしないでくださいよ」

とカリナさんが言った。

「マンガだって、そんなに簡単じゃないよ。話も考えないといけないし……」

タワポン君は、「です」や「ます」をあまり使わない。でも、とても自然に日本語を話す。

「君は日本に来て、どれくらいになるの？」

と僕は聞いた。

「去年来たばかりだよ」

「えっ！」

「タワポンさんはアニメが好きで、タイにいるときも毎日アニメの日本語のシャワーを浴びていたから、こんなふうになってしまったんです」

とカリナさんが説明してくれた。

『なってしまった』っていう言い方はおかしいよね」

とタワポン君が言い返した。

「いいえ、これは日本語の正しい使い方です」

「ははっ」

僕は笑ってしまった。タワポン君とカリナさんは、大阪の漫才コンビみたいだ。

＊

サントスさんは動物が好きで、写真を撮るのも好きなので、僕と趣味が合った。サントスさんのうちでは、犬と猫を飼っているそうだ。ほんとうかどうかわからないけど、犬の方は少し日本語がわかるそうだ。また今度、サントスさんとはゆっくり話したい。

＊漫才コンビ…
相聲搭擋

木村さんとはあまり話す時間がなかった。

僕は帰るとき、木村さんを映画に誘った。

『交差点』という映画が、来週から始まる。電車の中でその映画の広告を見て、おもしろそうだったから、だれかと見に行きたいと思っていたのだ。

木村さんは、「ええ、ぜひ」と言ってくれた。

また「ちょっと……」と言われたら、もう誘うのをやめるつもりだったけど、よかった。

十一　みんなの会

十二　髪を切る

「いらっしゃいませ。あのう、日本語わかりますか」

僕が美容院に入ったら、美容師の女の人が僕にそう聞いた。

「はい、大丈夫です」

と僕は言った。

「そうですか。では、そちらで少々お待ちください」

その美容師は安心したようだ。

日本の美容院に入ったのは初めてだ。日本へ来てから、ずっと髪

を切っていなかった。　僕は、いつもと同じ髪型にするつもりだった。

でも待っている間、何もすることがなかったから、棚に置いてある

カタログを手に取った。アメリカでは見たことがない髪型がたくさ

んあった。

「お客様、お待たせしました。きょうはどうなさいますか」

と美容師の女の人が僕に聞いた。

「カットお願いします」

「じゃ、こちらへどうぞ」

僕は隣の部屋に案内されて、歯医者のいすみたいな所に座った。

「いすが動きますよ」

と女の人は言って、ボタンを押した。いすが横に長くなって、僕

の体がゆっくり倒れた。

　それから女の人は、シャンプーを始めた。

　あれ？　僕は「カット」と言ったんだけど……。

「かゆい所はありませんか」

女の人が僕の髪を洗いながら聞いた。

「かゆい」ってどういう意味だろう？　僕はこのことばの意味を知

らなかった。「い」で終わるから、たぶん形容詞だと思うけど……。

僕は何も言わなかった。でも、女の人はそのままシャンプーを続

けて、それから水で洗い始めた。

「温度はいかがですか」

水が温かくなってきた。水の温度がこのままでいいかを聞いてい

るようだ。

「ちょうどいいです」

と僕は答えた。

女の人はタオルで僕の髪をふいて、そのタオルを僕の頭の上に載せた。

まだ髪は切らない。

それから女の人は、うしろから僕の肩を触り始めた。

僕はびっくりした。これは何をしているの？　僕は「カット」って言ったはずだよ。おかしいなあ。ここは普通の美容院じゃないのかなあ。でも女の人のお客さんも来ているから、変な店ではないと思うけど……。

「痛くないですか」

と女の人は僕に聞いた。

「あのう、わたしはカットをお願いしたんですが……」

「マッサージは要りませんでしたか。これは無料のサービスですよ」

「ああ、そうだったんですね」

「どうされますか」

「……じゃ、お願いします」

鏡の中の僕の顔は、少し赤くなっていた。こんなサービス、アメリカにはない。

「日本の美容院は、初めてなんですか」

「はい」

「あ、すてきですね」

「この写真みたいにしてください」

そのとき、入るまえに考えておけばよかった……。

かった。しまった。考えていな

僕は、日本語でどう言えばいいのかわからなかった。考えていな

「えーと……」

「カットはどういうふうになさいますか」

マッサージが終わってから、美容師はやっとはさみを持った。

また言われた。

「いいえ、まだまだです」

「日本語、お上手ですね」

隣から客と美容師の会話が聞こえた。そうか、写真を見せればいんだ。

「すみません、カタログを見てもいいですか」

「ええ、今持って来ますね」

僕は持って来てもらったカタログを開いて、僕のいつもの髪型を探した。

でも、なかなか見つからない。こんなにたくさん載っているのに、どうして普通の髪型はないんだろう。

こうなったら、違う髪型にチャレンジしてみようか。

でも……。

あ、そうだ！

僕はポケットから、社員証を取り出した。

「この写真みたいにしてください」

そこには、髪を切ったばかりの僕の写真があった。

十三 交差点

映画『交差点』を見終わったあと、木村さんは僕に、

「お茶でもしませんか」

と言った。

お茶をする？　それはどういう意味？　茶道のこと？

僕はカリナさんに『THE BOOK OF TEA（茶の本）』という本を紹介してもらって、図書館で借りて来たばかりだった。これは百年以上まえに書かれた本で、岡倉天心という日本人が外国人に日本の文

化を紹介するために、英語で書いたものだ。

木村さんは返事に困っている僕を見て、今度は、喫茶店に入りませんか、と英語で言った。とてもきれいな発音だった。

「ああ、いいですね。そうしましょう」

そして僕たちは、近くの喫茶店に入った。

「いい映画でしたね」

と木村さんが言った。木村さんの目が、少し赤くなっていた。映画を見て、泣いてしまったようだ。

「ええ。あのお父さんのことばには、心を動かされました」＊

と僕は言った。

「どのことばですか」

＊心を動かされる…
受感動

「あれですよ。お父さんが息子に、『失敗しても、何回でもチャレンジすればいい』と言ったでしょう？　あのことばで泣きました」

「それですか……。わたしはそれより、お母さんの『もう帰っておいで』ということばで泣きました」

「そんなことば、ありましたか」

「ありましたよ」

覚えていない……。

僕は広告を見て、恋愛の話だと思っていたけど、実は、家族の話だった。

「わたしはこの映画を見ながら、自分の家族を思い出しました」

「そうですか。ミラーさんのご家族は？」

「両親と姉が一人います」

「じゃ、映画と同じですね」

「そうなんです」

「どちらにいらっしゃるんですか」

「両親はニューヨークの近くに住んでいます。姉はロンドンで働いています。木村さんのご家族は？」

「三人です。父は銀行員で、母は高校で英語を教えています」

「ああ、だから木村さんは、英語が上手なんですね」

「母から英語を教えてもらったことは、一度もありませんよ。でも、英語が話せると仕事で役に立つので、今でも夏と冬の短期クラスで

勉強を続けています」

「木村さんみたいに英語が上手なら、もう勉強の必要はないと思いますよ」

「わたしは、もっと上手になりたいんです」

「じゃ、わたしが練習の相手になりますよ」

「……ミラーさんは、忙しいでしょう？」

「いいえ、そんなに忙しくないですよ」

「でも……」

僕は木村さんを困らせてしまったようだ。

そのとき、木村さんのかばんから音がした。

「あ、ごめんなさい。ちょっと電話が……」

そう言って、木村さんはトイレの方へ急いで行った。　木村さんは、英語で電話の相手と話していた。それから、五分ぐらいで戻って来た。

「ごめんなさい。ちょっと今から予定が……」

えっ……。もう少しいっしょにいたかったのに……。

「英語のクラスでお世話になっている先生が、東京から来ているんです」

「そうですか……。なかなか会えないでしょうから、ぜひ行ってください」

「ありがとう、ミラーさん」

木村さんは申し訳なさそうに、そう言った。

お金を払おうと思って、ポケットから財布を出したら、木村さん

が、

「もうお金は払いましたよ」

と言った。

「えっ、だめですよ。わたしが払います」

「いいんです。映画のチケットは、ミラーさんにもらったんだから」

「そうですか。じゃ、ごちそうさまでした」

そして、僕と木村さんは喫茶店を出た。

「ミラーさんは、どちらへ?」

「そこを右に曲がると、バス停があるので、そこからバスで帰りま
す。木村さんは?」

「わたしはまっすぐ行って、電車で新大阪へ向かいます」

「そうですか。じゃ、ここで」

「ええ。ほんとうにごめんなさいね」

「いいえ、大丈夫です」

「今度いっしょに、ご飯を食べましょう」

「ええ、ぜひ」

そして僕と木村さんは、この交差点で別れた。

十四　元気茶

「ミラーさん、元気がありませんね。どうしたんですか」

佐藤さんが心配そうに、僕に聞いた。

「最近、体の調子がよくないんです」

僕は聞こえないぐらい小さな声で言った。

「どこか悪いんですか」

「わかりません」

「病院へ行きましたか」

「いいえ」

「一度病院で診てもらったほうがいいですよ」

「ええ、そうですね」

「僕は日本で病院へ行ったことがない。よくわからないから、あまり行きたくない。

「今から行ってきたらどうですか」

「えっ、今から?」

「きょうはそんなに忙しくないし、無理をするのは体によくないですから」

「でも……」

「ちょっと待っていてくださいね」

そして佐藤さんは、部長がいる部屋へ入って行った。

佐藤さんはすぐに戻って来て、

「部長に許可をもらいました。きょうは早く帰ってもいいって……」

「そうですか。ありがとうございます」

「じゃ、行きましょうか」

「えっ、佐藤さんもいっしょに?」

「一人で行けますか」

僕は返事ができなかった。

＊

「どうでしたか」

佐藤さんは、病院のロビーで待っていてくれた。

「どこも悪くないと言われました。たぶんストレスじゃないかって

……」

「仕事のストレスでしょうか」

「いいえ、仕事のストレスはそんなにないと思いますが……」

「最近、何か心配なことがあるんですか」

「何もありません」

僕はうそをついた。恥ずかしくて言えない。佐藤さんは木村さん

の友達だし……。

あの日から、僕はずっと待っていた。

あのとき木村さんは、「今度いっしょに、ご飯を食べましょう」と

言ってくれたのに、あれから一か月以上、何も連絡がないのだ。

「外国での生活は、だれでもストレスがあるはずです。ミラーさん

は自分で気がつかなくても、きっとストレスになっていることがあ

るんですよ」

　と佐藤さんは言った。

「そうでしょうか」

　僕は力ない返事をした。*

「ええ。ところで、ミラーさんは今度の連休、どこか出かけるんで

すか」

「サントスさんと、北海道へ行く予定です」

＊力ない返事をする…
有氣無力地回答

「へえ、いいですね」

「だから、早く元気にならないと……。佐藤さんは？」

「わたしは両親に会いに、姫路へ帰ります」

「姫路って、確か、有名な城がありますよね」

「ええ、よく知っていますね」

姫路城は日本でいちばん有名な城で、世界遺産にもなっている。

「いつか、姫路へ遊びに来てください。案内しますよ」

「ええ、ぜひ」

＊

帰りの電車の中で、佐藤さんは僕にお茶をくれた。

「これは、わたしが毎日飲んでいるお茶です。『元気茶』といって、飲むとほんとうに元気になるんですよ」

と僕は笑いながら言った。僕は元気な佐藤さんしか見たことがない。

「佐藤さんは、これを飲まなくても、いつも元気でしょう?」

「いいえ、そんなことはありません。これを飲んでいるから、いつも元気なんです」

「そうですか」

一度だけ、佐藤さんは会社を休んだことがあった。その日の事務所は、葬式みたいに静かだった。

114

電車は、佐藤さんが降りる駅に着いた。

「じゃ、またあした。早く元気になってね、マイク」

佐藤さんは僕の肩に手を置いて、そう言った。

「えっ、あ、うん。じゃ、またあした」

急に「マイク」って言うから、だれのことだろう、と思ってしまった。

僕はうちに帰ってから、そのお茶をいれて飲んだ。

とても苦かった。

そして、少し元気になった。

佐藤さんのおかげだ。

十五　馬を見に行く

サントスさんに誘われて、北海道へ旅行に行った。

飛行機のほうが速いけど、僕たちは新幹線で行くことを選んだ。新幹線のほうが、日本を旅行している気分になれるから。

旅行のいちばんの目的は、スキーでも温泉でもなくて、馬を見ることだ。北海道には広い牧場がいくつもあって、馬や牛や羊がたくさんいるそうだ。

「ブラジルには馬がいますか」

東京で乗り換えて、北へ向かう新幹線の中で、僕はサントスさんに聞いた。

「田舎にはたくさんいますよ。わたしは子どものころ、よく馬に乗っていました。馬を一頭飼っていたんです」

「そうですか。どんな馬でしたか」

「静かで、優しい馬でした。名前は『ダーキー』といいました」

「黒い馬だったんですね」

「はい」

「ダーキー」は、『黒馬物語』に出てくる馬の名前だ。馬好きで、この物語が嫌いな人はいない。

「わたしが十二歳のとき、ダーキーは足にけがをしてしまって、そ

れからすぐ、死んでしまいました」

馬は足にけがをしてしまうと、生き続けるのが難しくなる。サン

トスさんの目が、もう涙でぬれていた。

「それは悲しいことでしたね」

と僕は言った。

「すみません。楽しい旅行中に、こんな話をしてしまって……。北

海道まで、あと二時間ぐらいでしょうか。そうそう、北海道には『ど

さんこ』という北海道の馬がいるそうですよ」

「そうですか。それは楽しみですね」

窓の外は、さっきから同じ景色が続いていた。いつ見ても山があ

る。こんな所を、こんなに速い乗り物が走っている……。

山の色は、半分以上赤くなっていた。

＊

「あ、いた。サントスさん、馬が見えますよ」

新幹線の窓から馬が見えた。サントスさんは、急いでカメラを準備した。サントスさんの顔が、ぱっと明るくなった。

「うまく撮れましたか」

「いいえ。ちょっと遠いので……」

「もうすぐ駅に着きますから、新幹線を降りてから、ゆっくり写真を撮りましょう」

「はい」

「あれがどさんこですか」

「さあ、わたしも見たことがないので、わかりません。でも、きっとそうですよ」

僕たちは駅を出て、馬がいる牧場へ向かった。

「寒いですね」

「ええ」

思っていたより、外は寒かった。

「サントスさん、上着を持って来なかったんですか」

「来るまえに大阪で買おうと思ったんですが、サイズが合う服が見つからなくて、買えませんでした」

「サントスさんは体が大きいですからね」

＊

「ミラーさん、あの馬を見てください」

「どれですか」

「あのオスの馬です。ずっと一頭のメスだけを見ています。でもメスの方は、あのオスを全然相手にしていませんね」

「そんなこと、よくわかりますね」

「子どものころ、毎日馬を見ていましたから」

「そうですか」

「恋をすると、周りが見えなくなってしまうんですよ。周りにはほ

かにもたくさん、すてきなメスがいるのに……」

僕は自分のことを言われているみたいで、耳が痛かった。*

それから僕たちは、たくさんの馬を見た。牛や羊も見た。

この景色、この風、このにおい。

アメリカにも、こんな牧場がたくさんある。

*耳が痛い：
聽來刺耳

十五　馬を見に行く

十六　アキックスの牧野さん

「もしもし、佐藤さんですか」

「はい、佐藤です」

「ミラーですが、今、会議室にいます。アキックスの牧野さんがいらっしゃったら、教えてください」

「はい、わかりました」

「それから、資料をコピーしたら、会議室へ持って来てください」

「はい」

「まだグプタさんから、電話がありませんか」

「ええ」

「わかりました。じゃ、よろしくお願いします」

そう言って、僕は電話を切った。

困ったなあ……。グプタさんがこの会議に間に合わなければ、プログラムについて質問をされても、だれも答えられない。

アキックスは、スポーツ用品を売っている会社だ。僕は梅田の居酒屋で、アキックスの牧野さんに初めて会った。

そのとき、僕は一人で飲んでいた。山田さんや佐藤さんといっしょに飲むこともあるけど、僕はテレビである番組を見て、一人でお酒を飲むことを覚えたのだ。

居酒屋での日本人は、会社にいるときと全然違う。一人で飲んでいると、よく声をかけてくる。

アキックスの牧野さんも、そんな中の一人だった。牧野さんはおなかが大きくて、年は四十歳ぐらいの男の人だ。

「あれ、ミラーさんじゃないですか」

「ああ、牧野さん」

僕と牧野さんは、約束していないのに、違う店でも会った。三回も。それで、友達になった。

僕は牧野さんに、カラオケができる古いお店に連れて行ってもらったこともあった。牧野さんはそこで、よく演歌を歌った。僕は歌があまりうまくないから、マイクは持たないで、そこに置いてあった

ピアノで『エリーゼのために』を弾いた。子どものときに覚えた曲だけど、これだけは今でも弾ける。ベートーベンが四十歳のときに作った曲だ。牧野さんもお店の人も、すばらしいと褒めてくれた。

僕がIMCの社員だと知って、何かいっしょに仕事をしてみたいね、と牧野さんは言った。でも、ほんとうにそうなるとは思っていなかった。

ある日、牧野さんはIMCの会社に来て、こんな話をした。

「今、ジョギングをする人が増えています。ジョギングをすると、健康になります。でもジョギングは、続けなければ意味がありません。

そのために、健康が管理できて、ジョギングがもっと楽しくなる製品を、IMCの皆さんといっしょに考えたいのです」

牧野さんはダイエットのために、毎朝ジョギングをしている。そ
れで、そんな物が欲しいと思っていたそうだ。

IMCの日本人の社員は、だれもこの話に興味を持たなかった。
でも、うしろでそれを聞いていたグプタさんが、一週間後に、自
分でプログラムを作って来た。腕時計の形をした製品にこのプログ
ラムを入れたら、いろいろなことができるそうだ。グプタさんは天
才だ、と僕は思った。

きょうは、そのプログラムの説明をしてもらう予定だった。

「どうも、こんにちは。きょうはよろしくお願いします」

アキックスの牧野さんが、会議室に入って来た。

「牧野さん、こんにちは。こちらこそ、よろしくお願いします。申

し訳ありませんが、もう少し……」

と僕が言っているとき、グプタさんが入って来た。

グプタさんは、きのうの夜にプログラムの問題を見つけて、今ま

で寝ないで、それを直していたそうだ。

そして、グプタさんは日本語で説明を始めた。とてもわかりやす

い説明だった。グプタさんがこんなに上手に日本語を話せること、知

らなかったよ。

僕は通訳するつもりだったけど、その必要もなかったね。

牧野さんはグプタさんの説明を聞いて、「これはいい！」と言って

くれた。

十七　神社

僕は友達と四人で、京都の神社へ行った。
友達というのは、カリナさんとタワポン君とワンさんのことだ。
「雨が降りそうですね」
僕は空を見て言った。
「天気予報は曇りだったから、たぶん降らないんじゃない？」
とタワポン君が言った。
僕は最近、天気予報を聞いていない。

130

「人が多いですね。この人たち、みんな神社へ行くのかな」

カリナさんが周りを見ながら言った。

「カリナさんは、京都は初めてですか」

と僕は聞いた。

「ええ」

「わたしは一度、祇園祭を見に来たことがありますが、そのときはもっと人がいましたよ。タワポン君は来たことあるの？」

「うん。マンガミュージアムへ行ったんだ」

「君はほんとうに好きなんだね。ワンさんは？」

「わたしは国際医学会議に参加するために、何度か来たことがあります」

「そうですか。 中国にも神社がありますか」

「中国には神社はありません。 でも、 お寺はたくさんありますよ」

神社へ向かう人の中には、 着物の人もいた。

「あれも着物ですか」

と僕は言った。 上は白で、 下は赤のスカートみたいな服を着ている女の人がいた。 ほかの着物とは違う。

「あの人は、 きっと巫女*だよ。 ここで働いているんだ」

とタワポン君が言った。

「何ですか、 それは？」

「ほんとうにいるんだね。 僕はアニメでしか見たことがなくて……」

「わたしより若そうですね。 高校生ぐらいに見えますよ」

＊巫女：
巫女

とカリナさんが言った。

「何をする人なんですか」

とワンさんがタワポン君に聞いた。

「知らない。白い紙が付いた棒を持って踊ったり、急に人が変わったみたいに強くなったりするんだけど……」

「タワポンさん、あなたはアニメの見すぎですよ」

とカリナさんが言った。僕もワンさんも笑った。

「わあ、大きな門だなあ」

僕たちの前に、大きな赤い門が見えた。ちょっとオレンジ色に近い赤で、朱色というそうだ。

「鳥居ですね」

とワンさんが言った。ほかの建物にも、この色がたくさん使われていた。

「きれいな色ですね」

とカリナさんが言った。この門は木で造られていた。

「あそこにいるのは、何の動物？」

とタワポン君が言った。大きな建物の横に二つ、動物の像*が立っている。

「あれは狐*ですよ。でも、あれは生きていないでしょう？　だから『ある』って言わないと」

とカリナさんが言った。

「でも、この間日本人の友達が、おもちゃのドラえもんを見て、『い

*像：形像、雕像

*狐：狐狸

たいた』って言ってたよ」

「その日本人は、日本語を間違えています。『おもちゃ』は生きてい

ません」

「ミラーさんとワンさんは、どう思う？」

とタワポン君が聞いた。

僕は何も答えられなかった。

「まあ、どちらでもいいんじゃないでしょうか」

と言った。ワンさんは頭がいい。

「そうですね。こんな問題、日本語のテストには出たことないし……。

ところで、日本では狐はどう鳴くか、知っていますか」

とカリナさんが言った。

「狐は鳴くんですか」

と僕は聞いた。

「わたしも聞いたことがありません。でも、どう鳴くかは知ってい

ます」

「変なの。で、どう鳴くの？」

とタワポン君が言った。

「こんこん」

とカリナさんが言った。僕もタワポン君もワンさんも、狐の鳴き

声は聞いたことがないけど、それは違うよ、と思った。

「どの本にもそう書いてあるし、こぎつねこんこん……って、子ど

もの歌もあるんですから」

「確か、日本語では、せきが出る音も『こんこん』といいますよ」

とワンさんが言った。それを聞いてタワポン君は、

「じゃ、狐はかぜをひいているんだね」

と言った。これにはカリナさんも声を出して笑った。タワポン君にはユーモアがある。

「この先へ行くと、おもしろい物があるそうですよ」

とカリナさんが言った。

ここへ来たいと言ったのは、カリナさんだった。

この神社の名前は、「伏見稲荷大社」という。漢字が六つもあって、なかなか覚えられない。カリナさんの話によると、ここは特に、外国人に人気がある神社だそうだ。

「ほら、あれです」

「えっ、何ですか、あれは？」

さっき見たのと同じ形の門が、トンネルみたいに長く並んで立っている。

とワンさんが言った。

「すごいですね。山の上まで続いているんですか」

「さあ、わかりません。みんなで行ってみましょう」

僕はその鳥居の中を通りながら、たくさんの写真を撮った。

「違う世界へ行ってしまいそう……」

とタワポン君が言った。先が見えないから、どこまでも続いているみたいに見える。

「頭がくらくらしますね*」

とカリナさんが言った。

鳥居はほんとうに、山の上まで続いていた。

*頭がくらくらする…
　頭暈

十八　東京へ

日本へ来て、もうすぐ一年になる。
アメリカへ帰りたい気持ちもあるけど、まだこの場所に残っていたい気持ちもある。
大阪の生活にも慣れて、友達もたくさんできて、この場所が好きになり始めたところだから。
ある日、僕は松本部長に呼ばれて、会議室に入った。
僕と部長のほかにはだれもいない。

「どうぞ、座ってください」

と部長が優しい声で言った。ちょっといつもと様子が違う。

部長は窓の近くに立って、外の景色を見ながら、

「ミラーさんは、東京へ行ったことがありますか」

と僕に聞いた。

「いいえ」

と僕は答えた。

「東京はいい所です」

僕は部長が、東京のことを悪く言うのを聞いたことがある。部長

は大阪の人だ。

「大阪よりいいですか」

と僕は聞いた。

「そうですね……。同じぐらいでしょう」

きょうの部長は、何か変だ。

「ところで、ミラーさんは、パワー電気のシュミットさんと話した

ことがありますよね」

「はい、何度か」

「実は今度、パワー電気といっしょに、新しいことを始めるつもり

なんです。ミラーさんは、ＩＭＣの広告を見たことがありますか」

「はい。『わたしたちは《みらい》をつくっています』ですね」

「そうです。だからＩＭＣは、新しいことにチャレンジし続けなけ

ればなりません」

「何を始めるんですか」

「聞いたらびっくりしますよ」

部長は一人で笑った。それからまじめな顔になって、こう言った。

「IMCは、これからロボットを造ります」

「ロボット？」

僕は部長が言ったとおり、びっくりした。

「ええ。でも、ロボットの体は、パワー電気が造ります」

「じゃ、IMCは？」

「ロボットは自分で動くコンピューターです。体だけ造っても、動きませんよね」

「わたしたちは、ロボットの頭の中のプログラムを作るんですね」

「そういうことです」

「それで、ＩＭＣは東京に、新しいチームを作ります。チームの名前は、『ＩＭＣロボット開発チーム』といいます。実はミラーさんに、

そのチームに入ってほしいんです」

だから部長は、最初に東京の話を……。

「そのチームに入るなら、東京へ引っ越さなければなりませんか」

「ええ」

アメリカでも大阪でもない場所か……。そんな未来は考えていなかった。

「ちょっと考えさせてください」

と僕は言った。

「わかりました」

＊

「ミラーさん、昼ごはんを食べに行きませんか」
と山田さんが僕に言った。

「はい」

山田さんがこれからどんな話をするか、僕はわかっていた。
僕と山田さんは「つるや」に入った。僕は煮魚定食、山田さんは
牛どんを注文した。
山田さんは話し始めた。

「わたしはミラーさんに感謝しています。ミラーさんのおかげで、この会社は前より元気になりました」

「いいえ。こちらこそ、皆さんから多くのことを学びました」

それはほんとうだ。日本人の習慣や日本の会社のやり方には困ることもあったけど、日本で生活を続けていて、初めてわかったこともたくさんある。

「わたしは今度の新しいチームでも、ミラーさんの力が必要だと思っています」

と山田さんは言った。

「ぜひ会社のために、東京へ行ってくれませんか」

会社のために？　山田さんの気持ちはわかるけど、僕はこのこと

146

ばがあまり好きじゃない。　だから僕は、

「わたしは会社のためには行きません」

と言った。　山田さんは笑った。　そして、

「じゃ、自分のためになら、どうですか」

と僕に言った。

＊

それから一週間後、僕は東京へ行くことを決めた。　どうして決められたのか、僕の日本語では説明できない。　英語でも難しいかもしれない。

何かの力が、僕をそうさせたのだ。東京が僕を呼んでいるから、と言ったら、人に笑われるかな。

みんなが僕のために、パーティーを開いてくれた。

「転勤、おめでとうございます」

と木村さんが言った。木村さんに会うのは久しぶりだ。

「ありがとうございます」

「ミラーさんが東京へ行ったら、寂しくなりますね」

僕はほんとうのことを言うと、ちょっと複雑な気分だ。僕も木村さんと会えなくなるのは寂しい。でも、今はそのほうがいいと思っている。

「東京へ行っても、大阪のことを忘れないでくださいね」

148

「もちろん」

またメールをしますね、木村さん。

「皆さん、暇があったら、ぜひ東京へ遊びに来てください」

「ミラーさんも大阪へ来たら、電話をください。いっしょに飲みま

しょう」

とサントスさんが言った。

「ええ、ぜひ」

「ミラーさん、スピーチコンテストでまた会いましょう」

とカリナさんが言った。

「ええ、楽しみですね」

スピーチコンテストのことは、カリナさんに教えてもらった。外

国人が日本語でスピーチをするのだ。カリナさんも出るし、僕も出るつもりだ。

「アキバだったら僕のほうが詳しいから、今度案内するよ」

とタワポン君が言った。「アキバ」とは、東京の秋葉原のことだ。

「うん、よろしくね」

「ミラーさんが作ったギョーザ、とてもおいしかったです。また食べさせてくださいね」

とワンさんが言った。

「はい。次は、中国のほかの料理にもチャレンジしてみたいです」

いつもはパーティーに参加しないグプタさんも、きょうは来てくれた。ありがとう。

「皆さん、ほんとうにいろいろお世話になりました」

僕はそう言いながら、ちょっと泣いてしまった。

「ミラーさん、頑張ってくださいね。お体に気をつけて」

と佐藤さんが言った。佐藤さんも泣いているようだった。

「はい。皆さんも、どうぞお元気で」

＊

そして次の朝、僕は新幹線で東京へ向かった。

著者

横山悠太（よこやま ゆうた）

1981 年、岡山県生まれ。作家、日本語教師。
2014 年、『吾輩ハ猫ニナル』（講談社）で群像新人文学賞を受賞。

本書原名—「小説ミラーさん　一みんなの日本語初級シリーズ一」

大家的日本語　小説ミラーさん

2018 年（民 107）2 月 1 日　第 1 版　第 1 刷 發行
2019 年（民 108）9 月 1 日　第 1 版　第 2 刷 發行

定價 新台幣：280元整

著　　者　横山悠太
授　　權　スリーエーネットワーク
發 行 人　林 駿 煌
發 行 所　大新書局
地　　址　台北市大安區(106)瑞安街256巷16號
電　　話　(02)2707-3232・2707-3838・2755-2468
傳　　真　(02)2701-1633・郵政劃撥：00173901
法律顧問　統新法律事務所

香港地區　香港聯合書刊物流有限公司
地　　址　香港新界大埔汀麗路36號 中華商務印刷大廈3字樓
電　　話　(852)2150-2100
傳　　真　(852)2810-4201